لونا الموصلي
ولدت لونا في مدينة ميلك النمساوية في عام ١٩٩٠، عاشت وترعرعت في دمشق حتى ١٤ من العمر.
تقيم لونا الآن في فيينا وتعمل ككاتبة ومصممة ورسامة، درست في جامعة الفنون التطبيقية وحصل كتابها (دمعة، ابتسامة) على الجائزة النمساوية لأدب الأطفال والشباب وعلى جائزة الوايت ريفنر. نشرت لونا كتابها الجديد في عام ٢٠١٨ تحت عنوان (عندما أتلقت جدتي، الله وبرتني في غرفة الجلوس أو الإسلام وأنا).
تعمل لونا في مجال التدريس والإندماج؛ على سبيل المثال في مشروع «تنمو» «TANMU» الذي يسعى لمساعدة الشباب والشابات اللاجئين في دراستهم.

Luna Al-Mousli
geboren 1990 in Melk (Österreich) und bis zu ihrem 14. Lebensjahr aufgewachsen in Damaskus, lebt und arbeitet als selbstständige Autorin, Grafik-Designerin und Illustratorin in Wien. Dort studierte sie Grafik-Design an der Universität für Angewandte Kunst. Für ihr Debüt *Eine Träne. Ein Lächeln. Meine Kindheit in Damaskus* (weissbooks.w 2016) wurde sie mit dem Österreichischen Kinder- und Jugendbuchpreis und dem White Raven Award ausgezeichnet. 2018 folgte *Als Oma, Gott und Britney sich im Wohnzimmer trafen oder Der Islam und ich.* Luna Al-Mousli engagiert sich im Bereich Bildung und Integration, wie beispielsweise im Projekt *TANMU – Lernhilfe für jugendliche Flüchtlinge.*

weissbooks.w

Luna Al-Mousli

Eine Träne. Ein Lächeln
Meine Kindheit in Damaskus

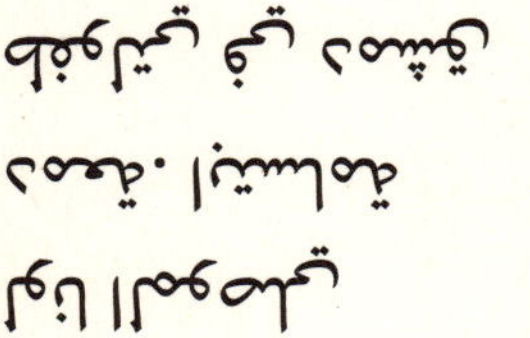

weissbooks.w

Es war einmal
es war keinmal
bis es einmal war

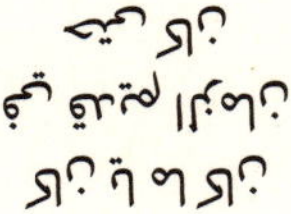

Damaskus, eine Stadt mit 1.834.740 Einwohnern und mir. Ich liebte unsere Wohnung im ersten Haus vor der Assad Bibliothek. Was ich noch mehr liebte, war die Aussicht aus dem Schlafzimmer.

Ich sehe den Berg mit der weiß leuchtenden Aufschrift „Syrien al-Assad“.

Es war das Erste, was ich in der Früh sah, und das Letzte, was ich vor dem Schlafengehen bewunderte.

يومياً قبلَ الخلودِ إلى النومِ كنت أرى تلكَ الكلمات وتَبهرني أَضواؤها، كانت ترافقني عند الاستيقاظ.

بخطٍ أبيضَ مضيءٍ كُتِبَ على سفح الجبلِ المطل على غُرفةِ نومي "سوريا الأسد".

عشت في دمشق مع ١,٨٣٤,٧٤٠ من سكان المدينة، نَشأتُ وترعرعتُ في منزلٍ أحببته في الطابقِ الأولِ من البناءِ المجاور لمكتبةِ الأسد.

Da mein Vater der einzige Sohn unter sechs Schwestern ist, lebten wir gemeinsam mit meinen Großeltern und der Schwester meines Opas, Samiha. Amme Samiha stand immer als Erste auf, wenn die Sonne aufging, um zu beten und dann mit der Nachbarin Rajaa spazieren zu gehen. Auf dem Rückweg pflückte sie Jasmin und legte ihn aufs Tablett neben ihre Kanne Grüntee. Das war ihr Morgenritual.

كان والدي وحيداً على سِت أخواتٍ بنات، هذا ما دفعهُ للبقاءِ في منزلِ جدّي، حيثُ كانت تَسكنُ معنا سَميحة عمة والدي أيضاً، كانت العمّة سَميحة أول مَن يَستيقِظُ للصلاة في المنزلِ مع انبثاقِ الفجرِ، اعتادت كل صَباح على الخُروجَ برفقةِ جارتنا رجاء، حيث كانت تَقطِفُ الياسمينَ البلدي في طريقِ عودتها لتفرش بهِ طبق تقديم الشّاي الأخضرِ الذي اعتادت شربَهُ بعدَ عودتِها.

In der Schule mussten wir uns täglich aufstellen, gleich morgens und in der großen Pause. Zuerst sagten wir: „Bis in alle Ewigkeit al-Assad“ und erst nachher kam das „Guten Morgen“. Dann folgten andere Parolen der Baath-Partei. Das war mein Schulmorgenritual.

[illegible]

In der Früh weckte uns meine Mama.
Sie schaltete das Radio ein.

Ich höre die Stimme der Sängerin Fairuz.

كانت والِدتي توقظُنا كلَّ صباحٍ على
صوت فيروز المنبعث من المذياع.

Zu Hause hatten wir in jedem Zimmer
Kristallleuchter. Sie waren riesig.

Ich stehe darunter und warte,
dass ein Kristall runterfällt.

Ab und zu war das der Fall, wenn die
Putzfrau die Lampen putzte, doch sie
hängte sie wieder auf. Ich wollte mir
schon immer Ohrringe und einen
Kettenanhänger aus diesen Kristallen
machen.

لكنهم كانوا وللأسفِ يعاودونَ تعليقها على الفور.

أقفُ تَحتها مُنتظرةً أن تمطِرَ من حجارتها الكريستالية
الضخمة، لعلّي أصنعُ منها قلادةً أو حتى قرط أذن،

عُلقت في كل غرفةٍ مِن غُرف المنزلِ ثُريّةٌ ضخمةٌ
من الكريستال، كانت أثناءَ تنظيف الثريّات تسقطُ
بعض الأحجار أحياناً.

In der ersten Volksschule war ich
in einer Klosterschule, obwohl ich
Muslima bin. Wenn wir Religions-
unterricht hatten, saß ich einfach
nur so da, ohne Religionsmalbuch.
Die anderen Schüler durften immer
malen, ich nicht. Mama kaufte mir
dann ein Malbuch.
Während die anderen Schüler Jesus
bemalten, bemalte ich Sailor Moon
mit ihrer Katze.

[illegible]

١٢

Das Wasser im großen Pool im Sommergarten war immer kalt. Um es wärmer zu machen, sammelten wir alle Töpfe, Tuppergeschirr und Tassen. Wir füllten sie mit Wasser aus dem Pool und stellten sie in die Sonne. Nach einer Stunde musste einer von uns den Finger in jedes Gefäß stecken. Wenn das Wasser warm war, wurde es zurück geschüttet. Nachher sprangen wir alle in den Pool.

Doch es ist immer noch kalt.

[illegible]
[illegible]

[illegible]
[illegible]
[illegible]
[illegible]
[illegible]
[illegible]
[illegible]
[illegible]

Meine Oma Fatma betete und las den Koran fast den ganzen Tag.

Immer wenn sie mich sieht, sagt sie: „Luna, komm, geh doch beten."

Immer wenn sie mich und meine Cousinen sah, sagte sie: „Kinder, geht doch schnell beten, gleich fängt das nächste Gebet an." Wir sagten nur: „Ja, Oma. Wir machen schon", standen aber nicht auf.

اعتادت جدَّتي فاطمة قضاءَ يومها كاملاً بين الصَّلاةِ والتضرّع وقراءةِ القرآن، عندما تراني أو ترى أحد أولاد عمَّاتي تطلب منا المُسارعة إلى أداءِ الصَّلاة، قائلةً إن موعد الصلاة سيفوتنا، غالباً ما كُنا نُجيبها بالموافقة وبأنَّنا سنباشر الصَّلاةَ حالاً، إلا أننا لمْ نكن نَفعل ذلك.

Eines Tages fragte meine Mama, wieso ich so lang bete, was ich da tue. Ich erzählte ihr, dass ich für meine Schullehrerin bete, weil sie Christin ist und ich nicht will, dass sie in die Hölle kommt. Außerdem bete ich noch für andere Freunde. Sie lachte und sagte, es komme nur darauf an, ob ich diese Menschen mag, ob sie gut zu mir sind. Wenn ja, dann kommen sie alle ins Paradies. Ich bräuchte nicht für sie zu beten.

Seitdem bete ich nur zu Anlässen.

سألتني أمي في أحد الأيام عن سَببِ صلواتي الطويلةِ والمتواصِلة، فأجبتها بأن خوفي من دخول معلّمتي وزملائي نارَ جهنَّمَ هو السّبب، وأنه ليحزنني ألّا يَغفر الله لهم لأنهم مسيحيون، أجابتني يومها ضَاحكة بأنَّ الإنسانَ الطيب الصالحَ الذي يفعلُ الخيرَ هو مَن سيَدخل الجنة.

أصبحت منذُ ذَلكَ اليوم أصلي في المناسَبات وحسب.

Als erste Enkelin und Tochter des einzigen Sohnes genoss ich die besondere Aufmerksamkeit meines Opas Badr. Er erzählte mir, auf jedem Baum, jeder Blume, jedem Blatt, jeder Katze, jedem Fisch, jedem Frosch, jedem Küken, jedem Hasen, jeder Schildkröte, jedem Schaf stehe mein Name.

Doch es ist nicht so.

ولكن بالطبع لم يكن شيءٌ من ذَلك في الواقع صحيحاً.

كوني الحَفيدةَ الأولى للأبنِ الوَحيد لجدي بدر فقد نلتُ منه اهتماماً مميزاً ورعايةً خَاصة، فقد اعتاد أن يقول لي إن أسمي قد كُتب عَلى كل شيء، على كلِّ شجرةٍ ووردةٍ وورقةٍ وعلى كل قطّةٍ وسمكةٍ وضِفدع، بل حتى على كل صُوصٍ وأرنبٍ وسُلحفاةٍ وعنزة.

Wir sammelten im Sommergarten alles Mögliche, doch meistens Frösche, die wir dann in den Pool zum Schwimmen brachten. Ab und zu wurde einer von uns reingeworfen zum Mitschwimmen.

Es ist so ekelhaft, wenn sie plötzlich neben einem auftauchen.

Manche Frösche überlebten das nicht. Sie wurden hinter dem Haus bei der großen Eiche begraben.

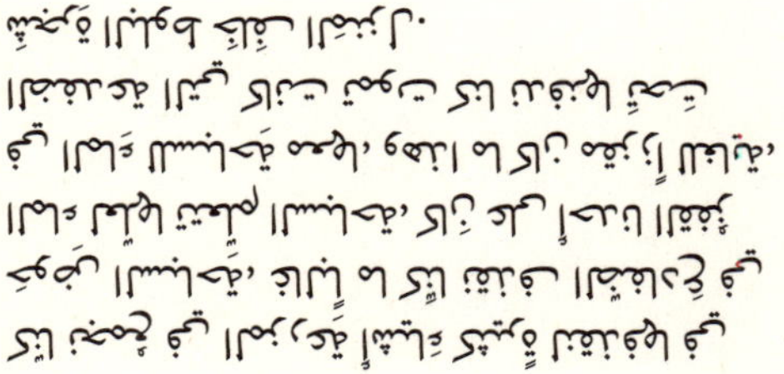

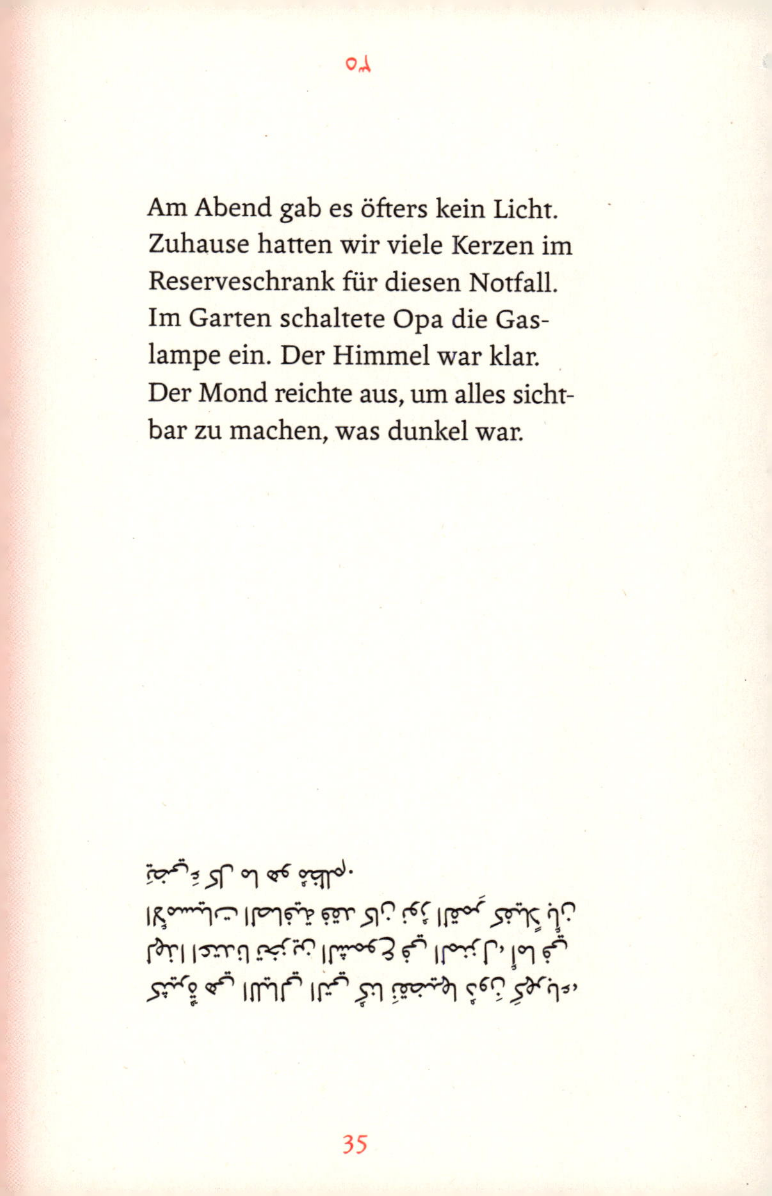

Am Abend gab es öfters kein Licht. Zuhause hatten wir viele Kerzen im Reserveschrank für diesen Notfall. Im Garten schaltete Opa die Gaslampe ein. Der Himmel war klar. Der Mond reichte aus, um alles sichtbar zu machen, was dunkel war.

Schnee war so selten, ein Wunder. Wenn er fiel, gingen wir nicht zur Schule, der Verkehr blieb stehen, das Fernsehprogramm veränderte sich. Es spielte einen Song von Fairuz rauf und runter mit Live-Bildern aus dem ganzen Land, Landschaften, die mit Schnee bedeckt waren.

كان لهطول الثلج خصوصيته، فأحداثُ اليومِ المثلج أعجوبة بكلِّ ما للكلمةِ من معنى، فالطلاب يتغيبون في هذا اليوم عنْ مدارسهم وتتوقفُ حركة المُواصلات، إذ حتى التلفاز المحلي كان يُغيّر برنامجه المعتاد ليبثَ أغنيات لفيروز مترافقةً معَ لقطاتٍ حيَّة للمدنِ السوريّةِ المغطّاةِ بالثلوج.

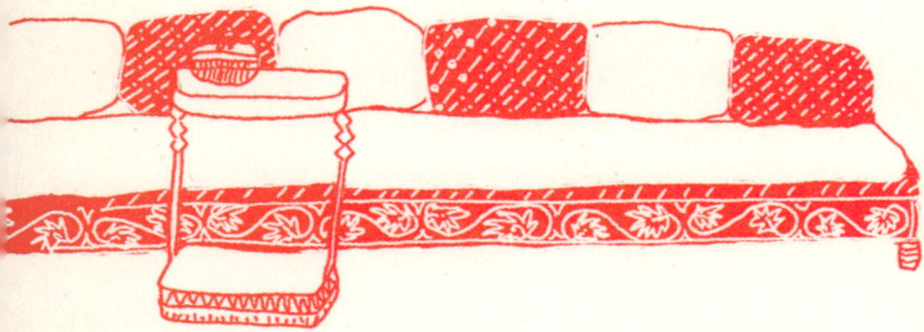

Meine Cousinen, meine Schwester und ich besuchten einmal in der Woche eine Korangruppe. Meine Mutter meinte, es sei wichtig hinzugehen, damit wir etwas über unsere Religion lernen.

Doch ich solle ja nicht alles glauben.

بناتُ عماتي، أختي وأنا، كنا نَذهبُ أسبوعياً إلى حَلقةٍ خاصةٍ لتعليم الدّينِ الإسلامي، لأن أمي كانت مُقتنعة تماماً بضرورةِ هذهِ الدروس.

وقد أوصتني أن أُحكِّمَ عَقلي في كُلِ شَيء أسمعه.

13

Im Winter waren die Klassenzimmer manchmal unerträglich kalt. Entweder weil wir kein Heizöl mehr hatten oder weil die Heizung nicht den ganzen Raum wärmen konnte. Zu der Zeit war es besser, in den ersten Reihen zu sitzen. Wir haben die Jacken und Mützen anbehalten. Wenn aber die Schuldirektorin kam, da mussten wir alles ablegen. Sie kam jeden zweiten Tag vorbei.

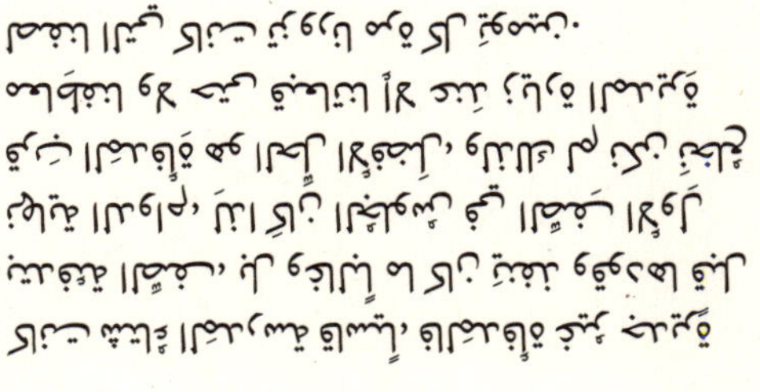

Zur Schuluniform gehörten nicht nur die schwarzen Socken, die schwarzen Schuhe, das schwarze oder weiße Haargummi, sondern auch ein Tuch mit dem Logo der jungen Baath-Partei. In der ersten Volksschule hatte ich dieses Tuch nicht, ein ganzes Semester lang. Bis mich bei einer Kontrolle die Direktorin mit ihrem Holzstab zu schlagen begann.

Meine Hände tun mir so weh.

Seitdem ging ich nur mit dem Tuch der Baath-Partei zur Schule.

لم يقتصر اللباس المدرسيّ الرسميّ على المريولِ ذي اللّونِ البني وإنما وجبَ علينا الإلتزام بلون الحذاءِ، إذ كان لابد أن يكونَ أسودَ اللونِ، وأما الجواربُ فسوداءُ أو بيضاءُ اللّون، بل وحتى ربطة الشعرِ كنا ملزمين بلونها، ناهيك عن الوشاح الذي يحمل شعار طلائع البعث والذي توجّبَ علينا أن نضعهُ دوماً وهو ما يدعى الفولار.

لم أكنْ في الصّفِ الأول الابتدائي أرتدي ذلك الفولار حتى ضربتني المديرةُ بعصاها الخشبية ضرباً موجعاً.

لم أذهب بعد ذلك ولا مرةً إلى المدرسة دون ارتدائه.

Λ3

Wir gingen oft in den Park nebenan. Das Klettergerüst war aus Beton und Metall. Deshalb spielten wir nie mittags, es war viel zu heiß. Am Abend war alles noch aufgeheizt, selbst der Sand unter unseren Füßen und das Klettergerüst. Manchmal brannte der Arsch, doch es war uns egal.
Wir genossen das.

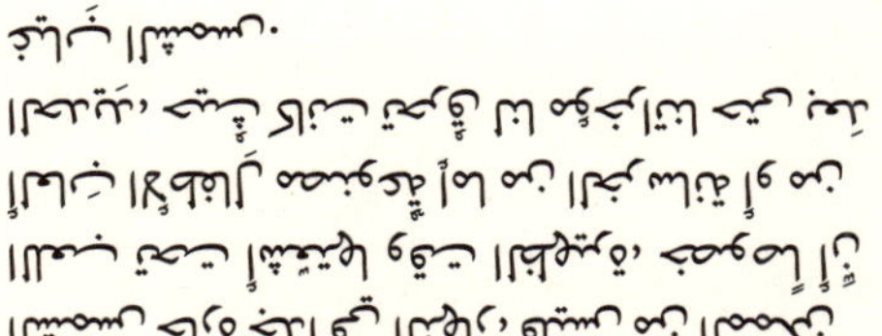

كانت صور حافظ الأسد وصور شابٍ آخرَ يمتطي حِصاناً أبيضَ اللّونِ وراءهُ شمسٌ مُشرقة مُنتشرةً في كُلِّ مكان.

ظَننتُ حينها أنّهُ النبيّ مُحمد.

عندما بلغت الثانية عشرة من عمري عَلمتُ أنَّ رسم الأنبياءِ مُحرمٌ في الإسلام، واكتشفتُ أنَّ صَاحبَ تِلكَ الصّورةِ هو باسل شَقيق بشار الأسد.

10

Überall hingen Bilder von Hafez
al-Assad im Anzug. Auch das Bild
eines Mannes auf einem weißen
Pferd, reitend bei Sonnenaufgang,
sah man sehr oft.

Ich glaube fest daran, dass es der
Prophet Mohammed ist.

Mit zwölf lernte ich, dass man im
Islam keine Propheten portraitieren darf.
Es stellte sich heraus, dass
es Basel al-Assad, der ältere Bruder
von Bashar, war.

Meine Tante Maysa überlegte, ob sie noch schnell beten solle, doch wir waren spät dran.

Das Musikkonzert fängt gleich an
in der Kirche.

Da sagte sie, sie werde einfach in der Kirche beten. Meine Cousine drehte sich zu ihr um und sagte: „Du kannst das nicht, es ist nur für die Christen." Meine Tante lächelte und sagte: „Auch das ist Gottes Haus." Während die Instrumente sich einstimmten, betete Tante Maysa in den hinteren Reihen.

في إحدى الليالي كَان هُناكَ حفلٌ موسيقيٌّ في الكنيسة، وكنا مُتأخرين بَعض الشيء عن الموعد، أرادت عَمتي ميساء الصَّلاة، قَالت إنها لا تريد تأخيرَنا، وسَوفَ تُصلي في الكنيسة، فهيَ بيتُ اللّهِ أيضاً.

وفعلاً صلّتْ عَمتي في الصفوفِ الأخيرة أَثناءَ ضبطِ الموسيقيينَ لآلاتهم.

Mataz und Faysal sind meine Cousins aus Saudi-Arabien.

Ich mag sie sehr.

Meine Mutter erzählte immer, Mataz und ich konnten weder ohne noch miteinander. Meine Cousins kamen immer im Sommer zu Besuch. All meine Cousinen und Cousins warteten bei uns auf ihre Ankunft. An der Tür läutete es, und wir rannten hin. Ich umarmte sie und wollte ihnen ein Bussi auf die Wange geben, wie ich es immer tat.

Doch sie haben sich verändert, sie geben mir die Hand.

فيصل ومعتز، إبنا عمّتي القادمان من المملكةِ
العربيّةِ السعوديّة.

اللذان أحبهما كثيراً.

كانا وأمهما يأتيان كلَّ صيف لزيارتنا، في أحدِ الأيام اجتمعت العَائلة بأكملها عندنا بانتظار قدومهما، قُرعَ الجَرسُ، هرعنا جميعاً نحوَ البابِ لنعانقهما ونقبلهما كما اعتدنا، لكن إبنا عمتي اكتفيا هذه المرةَ بمدِّ أيديهما للمصافحة؛ يبدو أنهما قد تغيّرا.

١٢

Politische Bildung war eines der wichtigsten Fächer in der Schule, genauso wie Mathematik und Arabisch. Wir lernten alles Mögliche über die Baath-Partei. Zur Prüfung kamen Assad-Zitate, die wir ergänzen und zeitlich einordnen mussten. Ich lernte alles auswendig. Ich verstand jedoch nichts.

Ab meinem 13. Lebensjahr hatte ich nicht nur politische Bildung als Fach, sondern auch militärische Bildung. Hier lernte ich eine Waffe auseinanderzunehmen und sie wieder zusammenzusetzen.

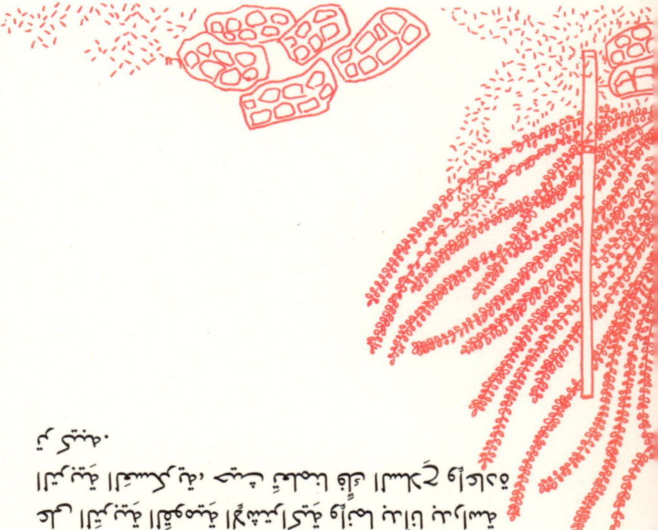

Im heißen Sommer gab es immer Wassermelonen als Nachspeise. Sie wurden in den Pool geworfen, weil im Kühlschrank kein Platz war. Wir durften sie beobachten, wie sie weder untergingen noch wirklich oben schwammen. Wir spielten mit diesen Melonen, warfen sie hin und her, versuchten auf den Melonen zu stehen, bis sie auftauchten und uns ins Wasser warfen.

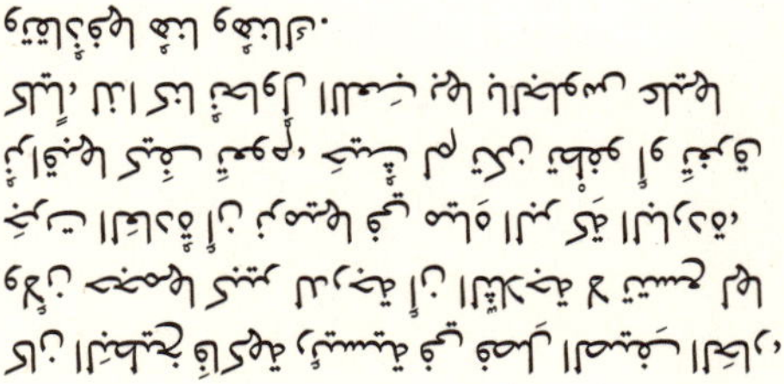

نفد اللبن ذاتَ مرةٍ من عندنا ذَهبتُ إلى البَقاليّة لأحضر بعضاً منه، كانت البَقاليّة في ذلك اليوم مزدحِمةً بالزبائن، إنتظرتُ أن يأتي دوري في الشراء، كان حينها يقفُ خَلفي جندي والذي حَاول لمسي وإزعاجي، تجمدت في مكاني وغدوت غير قادرةٍ على الحَر كةِ وتمنيت أن يأتي البَائع بأقصى سرعة، إشتريتُ اللبنَ وخَرجتُ مُسرعةً وبدأتُ بالجري باتجاهِ المَنزل، لاحظتُ أَثناء عُبوري الشارع أن ذلك الجُندي ما زال يتبعني، فأخذتُ بالر كض، أوقفتني امرأةٌ طاعنةٌ في السنِ وسَألتني: «لماذا تَجرين هكذا يا ابنتي؟ هل كلُّ شيءٍ على ما يرام؟»، أجبتها أن جندياً يَتبعُني وأن مَنزلي في نِهايةِ الشَّارع، قالت لي أن أتابعَ المَسير نَحو المنزلِ وأنَّها ستقوم بِمراقبتي من مكانها إلى حين وصولي إلى المنزل بِأمان، دخلتُ المَنزل وأسرعتُ نَحوَ النافذة، وإذ بالجندي يقف مقابل المنزل، لم أجرؤ على إثرها مغادرة المنزل أسبوعاً كاملاً.

Zuhause hatten wir keinen Joghurt mehr, also ging ich schnell zum kleinen Supermarkt. Es war viel los, ich wartete, bis ich dran kam. Hinter mir stand ein Soldat, der mich anfasste. Ich konnte mich nicht bewegen und hoffte einfach, dass der Supermarktverkäufer zu mir kommen würde. Ich kaufte das Joghurt und rannte raus. Erst als ich um die Ecke war, bemerkte ich, dass mir der Soldat nachlief. Ich rannte so schnell ich konnte. Eine alte Frau hielt mich an und fragte, ob alles okay sei. Ich sagte: „Ich wohne am Ende der Straße und ein Soldat verfolgt mich.“ Sie blieb stehen und meinte, sie würde aufpassen, ich solle schnell nach Hause laufen. Als ich aus dem Fenster rausschaute, stand er unten. Ich bin wochenlang nicht aus dem Haus gegangen.

Nach dem Schwimmen und Duschen
standen wir Kinder in einer Reihe.
Wir hatten einen Sonnenbrand, daher
wurden wir mit Joghurt eingeschmiert.
Wir mussten so lange stehen, bis der
Körper die Feuchtigkeit des Joghurts
aufgesaugt hatte.

Es stinkt fürchterlich.

كنّا نَصطفُ نحن الأَطفالَ بعدَ السباحةِ لدَهن اللبنِ
على المناطقِ المُحترقةِ من أجسادنا، حيثُ يمتصُ
الجلدُ رطوبةَ اللبن، كما كان عَلينا انتظارَ جفاف اللبن.

كانت تنبعثُ منهُ رائحةٌ كريهةٌ.

٦٨

Nichts war anstrengender als mit Tante Maysa auf die Straße zu gehen. Wir wurden immer aufgehalten, weil sie alle Leute kannte und plauderte. Sie kannte fast jeden, es gab immer Nachrichten zum Austauschen. Sie erkundigte sich nach den Eltern, Großeltern, Geschwistern, Onkeln und Tanten, Nachbarn, Arbeitskollegen, einfach nach jedem.

Sie ist das syrische Facebook, irgendwie bewundernswert.

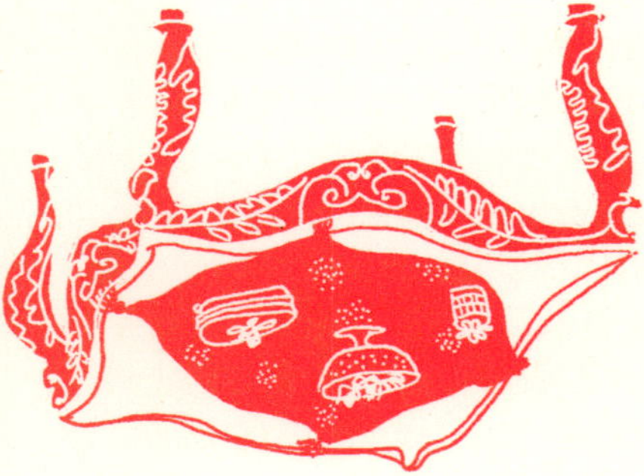

كان التجول مشياً مَع عمتي ميساء أمراً مُتعباً للغايةَ، لأنها غالباً ما كانت تُقابلُ أناساً تَعرفهم طول الطّريق، وكان يتوجب علينا التوقفَ معها مُنتظرينَ أن تُنهي أحَاديثها معهم، التي كانت تَطمئنُ فيها عن أخبارهم وأحوالِ أسرهم: الخَالاتُ والعمات والأعمام والأصهار والأقارب، بل وحتى الجيران والأصدقاء، وكأنها تَعرفُ كل النّاس.

إنها «الفيس بوك» السّوري الذي يبهرني بشكلٍ أو بآخر.

۸۸

Die amerikanische Botschaft lag zwischen Zuhause und der Schule. Die Lehrerin sagte, wir sollen keine Stifte vom Boden aufheben, denn es könnten Bomben sein. Es sei am besten, wir blieben der Botschaft fern, wir sollen einen anderen Nachhauseweg nehmen. Ich sah nie Stifte vor der Botschaft.

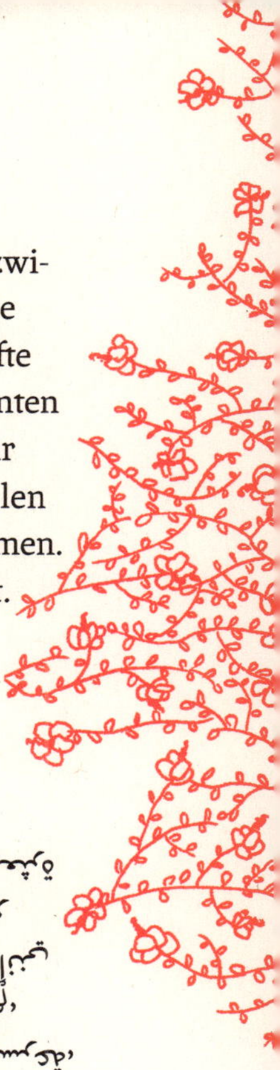

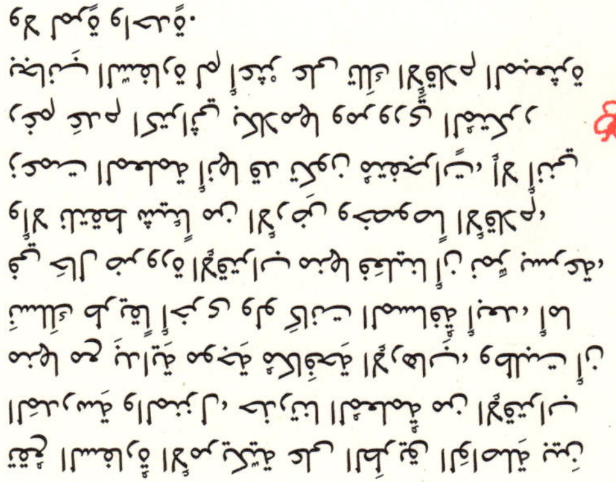

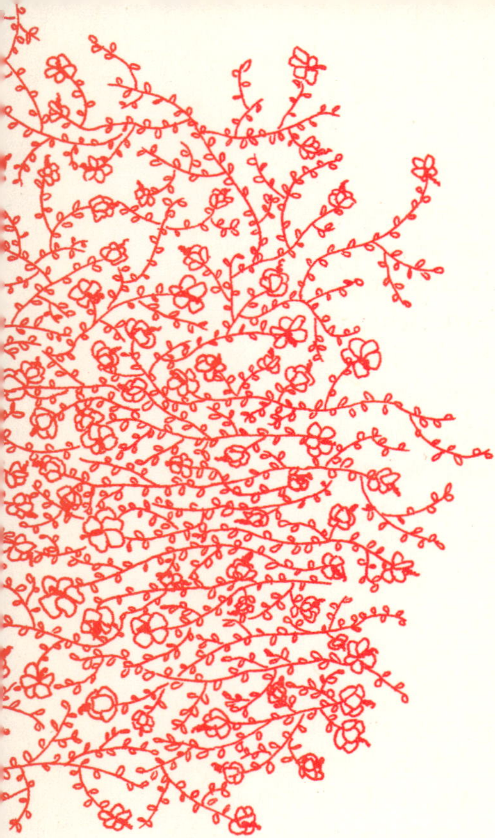

Abu Mahmoud war der Bauer, der jeden zweiten Tag mit seinem Esel die Straße hoch kam. Der Alltag des Hauses richtete sich nach ihm. Wir warteten alle gespannt auf seine Rufe, um ihn schnell zu uns zu bitten. Er entschied, was wir an welchem Tag aßen. Wir kauften und kochten, was er an Obst und Gemüse mit hatte. Tomaten, Bohnen, Zwiebeln, Äpfel, Orangen, Gurken, einfach alles, was man so braucht. Und frische Milch.

Unser Salon veränderte sich, er wurde kleiner und größer. Zum Beispiel wenn wir Minze trockneten oder Lavendel. Oma legte eine weiße Decke auf den Boden und verteilte die Blätter. Der Geruch verbreitete sich in der ganzen Wohnung.

Es ist erfrischend.

يفوحُ عبقها في أَرجاءِ المنزل كله.

كانت مَساحة الصالون في منزلنا قَابلةً للتغييرِ؛
فعند تجفيف أوراقِ النَعناعِ أو زهور الخزامى كانت
جَدّتي تفرشُ ركناً منه بقماشٍ أبيضِ اللّونِ وتوزعُ
تِلك الأوراقَ والزهورَ بعناية،

Im Park nebenan gab es einen großen Brunnen gleich beim Eingang. Wir fütterten die Enten und beobachteten das Wasser. Eines Tages lehnte sich meine Schwester an der Kante an, die Kantensteine waren jedoch nicht befestigt.
Sie fiel ins Wasser.

٥٧

Im Winter lag in jedem Zimmer ein riesiger orientalischer Teppich, der von einer Generation zur nächsten vererbt wurde. Ich saß stundenlang auf diesen Teppichen und versuchte Fehler in den Ornamenten zu finden. Ja, ich fand welche.

Aljazeera lief Tag und Nacht im Wohnzimmer. Viele Menschen starben durch den Nahostkonflikt zwischen Palästina und Israel. Nur zwei Personen blieben mir in Erinnerung, Mohammed Aldarra und sein Vater. Es kam zu Schüssen von der israelischen Armee. Der Vater packte seinen Sohn, und sie versteckten sich hinter einer Mülltonne. Nach wenigen Minuten wurde Mohammed erschossen. Ich weinte die ganze Nacht.

٦٧

Amme Samiha machte die schönsten und besten Haarzöpfe. Die waren so fest und robust. Tagelang überlebte die Frisur, ohne kaputtzugehen.

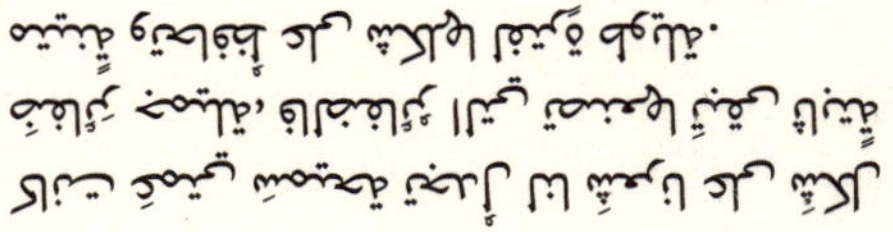

16

Wir, meine Cousinen, Cousins, meine Schwester und ich, beschlossen ein Benefizkonzert für palästinensische Flüchtlingskinder zu geben. Jeder konnte ein Instrument spielen oder singen. Wir erstellten ein Programm, bastelten Eintrittskarten, Programmhefte und dekorierten das Wohnzimmer. Das Konzert fand im Haus meiner Tante Maysa statt. Alle Karten waren ausverkauft. Die ganze Familie war da, auch Tanten und Onkel meiner Cousinen.

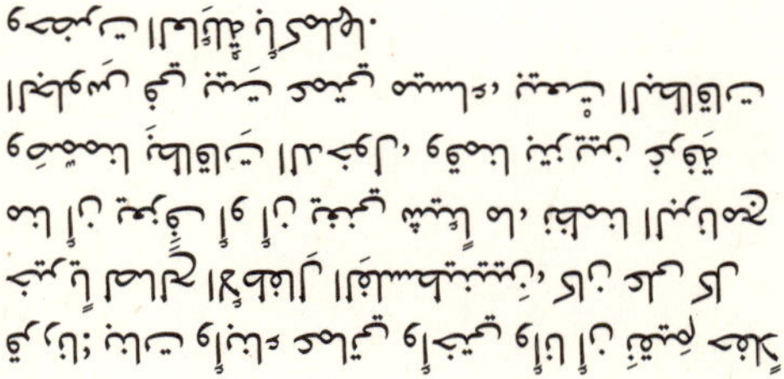

Im Sommer war das Wasser zuhause sehr knapp. Wir hatten Wasserflaschen im Kühlschrank und im Tiefkühlschrank, für den Notfall. In jedem Waschbecken war ein Behälter, der das Wasser vom Händewaschen sammelte. Mit diesem Wasser wurde das Klo gespült. Wir durften auch nicht alle an einem Tag duschen.

عيدُ المعلمِ عطلةٌ رسميةٌ، حيثُ يحتفلُ المعلمون بتلكَ المناسبةِ ويحصلونَ على الهدايا من تلاميذهم، كان اختيارُ الهديةِ غايةً في الأهمية، فبناءً عليها ستبنى علاقةُ المُعلمِ بالطالب؛ كانت مُعلمتي تنادي التلاميذ بأَسمائهم الوَاحدَ تِلوَ الآخر لتستلمَ هداياها ثُم تفتحها، كانت تعابير وجهها توحي بمَدى رضاها، فتوبِّخُ التلميذ الذي لم تنل هديتهُ إعجابَها. أما الهدايا فكانت مُتنوعةً؛ إبتداءً من فناجين القَهوةِ إلى أَغطيةِ الأسِرّة وأوجهِ الوسائدِ، إنتقالاً إلى الألبسةِ أو حتى علب مَوادِ التجميل، بل إنها كانت تَصل أحياناً إلى قِطعةِ ذهب، كانت المُعلمات يجتمعن خلال الإستراحةِ ليقارِنَّ هداياهنّ، وليتبادلن بعضاً من الهدايا فيما بينهنّ.

Der Lehrertag war ein offizieller Feiertag, an dem alle Lehrerinnen gefeiert wurden. Die Lehrerinnen bekamen Geschenke von jedem Schüler der Klasse. Die Auswahl des Geschenks war sehr wichtig, es beeinflusste die Beziehung zwischen Lehrerin und Schüler. Meine Lehrerin rief einen nach dem anderen auf, ihr das Geschenk zu überreichen. Sie packte es aus, lächelte, wenn es ihr gefiel, gab einen beleidigenden Kommentar, wenn es ein zu einfaches Geschenk war, oder beschimpfte das Kind wegen seiner Einfallslosigkeit. Die Geschenke waren sehr unterschiedlich: Vom Teeservice über Polsterüberzüge bis hin zu Makeup-Sets, maßgefertigten Anzügen und Goldschmuck. Die Lehrerinnen verglichen ihre Geschenke mit denen der Kolleginnen in der Pause.

Während des Monats Ramadan betet man ein spezielles Gebet nach dem Essen. Es dauert länger als das normale Gebet, aber man kann selber entscheiden, wann man aufhören will. Zu Hause beteten alle gemeinsam und wir wechselten den Imam innerhalb der Gruppe. Ich war dann auch dran. Beim Niederknien blieb ich jedoch unten.

Ich schlafe.

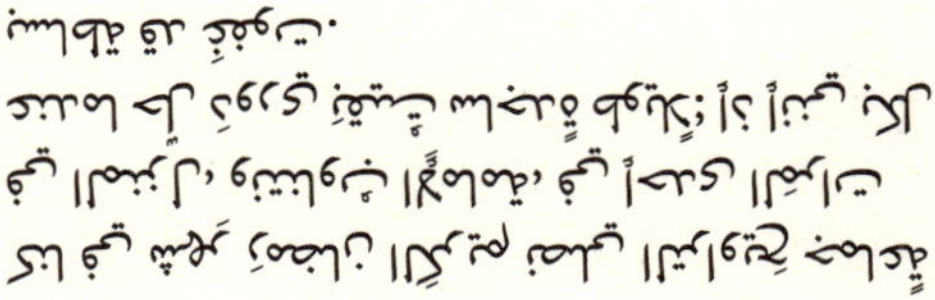

Mit Amme Samiha zu baden war etwas ganz Besonderes. Da durfte man ihr Spezial-Shampoo und ihre Seife benutzen. Meine Schwester und ich setzten uns auf den kleinen Hocker. Manchmal mussten wir zuerst das Wasser auf dem Herd vorheizen. Dies wurde mit dem kalten Wasser gemischt, bis es lauwarm war. Mit einer kleinen Schüssel goss Amme Samiha das Wasser über mich. Sie wusch mir die Haare, kämmte sie, dann rieb sie mit ihrem grünen Tuch meinen Rücken fest mit Seife ein. Mein ganzer Körper war danach rot, auch meine Fußsohlen.

Nach keinem Bad fühle ich mich so sauber.

الإستحمامُ مع عمتي سميحة أمرٌ رائعٌ، يتميز
باستخدامِ الشامبو والصّابون الخاصَّيْن بها، كنا
نجلسُ أنا وأختي عَلى كراسي الإستحمام، كانت
عَمتي تستخدمُ الطاسةَ لسكب الماءِ وتغسلُ لي
شَعري وتمشطه ويصطبغ جسدي كاملاً من
رأسي حتى أسفل قدمَي باللونِ الأحمرِ على أثرِ الفركِ
بليفتها الخضراء، ولأن الماءَ الساخنَ غير متوفر
دوماً كنا نضطر أحياناً لغلي الماء على البوتوغاز في
المطبخِ ثم نخلط الماءَ المغلي معَ الباردِ لتعديل
حرارته،

لم أشعر حتى اليَوم بمقدارِ تِلكَ النَظافةِ التي كنتُ أشعرُ
بها بَعدَ الإستحمامِ مع عمتي سميحة.

لكل من عيد الفطرِ السعيدِ وعيد الأضحى الطقوس نفسها، إذ كنا نَستيقظُ في وقتٍ مُبكرٍ لنرتدي المَلابس الجديدة ثم نصفف شعرنا لنبدو في أبهى حُلّةٍ قبل الذهابِ إلى صَلاةِ العِيد. بعد العودة كنا نَتناولُ الفطور، ومن ثُم يَبدأ مسلسَل الزيارات التي لم تكن تقتصر على الأَقاربِ وحسب، وإنما تشمل أيضاً الجيران والأصدقاءَ والكثيرين غيرهم الذين لم أكن أراهم سِوى في مثل هَذهِ المُناسبات، كانت هذه الزيارات تترافق بتبادل القُبل والعناق وبقرص خدودِ الصغار لدرجة أنني كنت أشعر بألمٍ حقيقي في وَجهي آخر النهار، كنا نَأكل خِلال الزيارات الكثيرَ من الحلويات ونَحصلُ على العيدية.

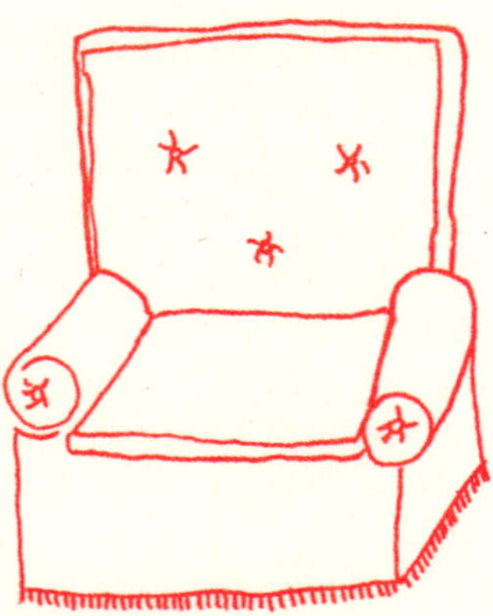

Wir feiern zweimal im Jahr Eid. Den grossen Eid und den kleinen Eid. Der Ablauf ist bei beiden gleich. Wir sind sehr früh aufgestanden, um uns hübsch zu machen und die neuen Kleider anzuziehen. Dann ging es zum Morgengebet und wieder nach Hause frühstücken. Ab 10 Uhr ging der Familienmarathon los. Wir aßen viele Süßigkeiten und Kekse und kriegten Taschengeld. Wir klapperten alle ab: Großtanten, Großonkel, Cousinen zweiten und dritten Grades, Nachbarn, Arbeitskollegen, Freunde und viele andere, die ich nur zu diesem Anlass sah. Hier ein Küsschen, da eine feste Umarmung und ein Wangenzwicker. Mein Gesicht schmerzte nach dem ersten Tag, vor allem meine Wangen.

Mit dem Eid-Taschengeld kauften wir nicht nur noch mehr Süßigkeiten, sondern auch bunte Küken. Die gab es auf dem Straßenfest. Wir kauften immer mehrere, von jeder Farbe eines. Im Garten wurden sie dann ausgesetzt. Ich dachte, aus denen wird was Besonderes werden. Nach ein paar Monaten waren sie kaum von den anderen Hennen zu unterscheiden.

غالباً ما كنا نَنفق العيديةَ التي نَحصلُ عَليها في شراءِ المَزيدِ مِنَ الحلوياتِ أو في شراءِ الصّيصانِ المُلوّنة التي كنّا نَعمد إلى شراء مجموعةٍ مختلفةِ الألوانِ منها ظناً منا أنها ستصبحُ شيئاً آخرَ مميزاً عندما تنمو، ولكن للأسف كانت تصبح متماثلةَ الألوانِ بعد عدةِ أسابيعَ بحيث لم يعد بالإمكان تمييزها عن بقية الدجاجاتِ في المزرعة.

In der dritten Klasse bestrafte meine Lehrerin einen Schüler mit hundert Schlägen mit dem Holzstab auf die Hand. Ihr Stab brach in zwei Stücke, also borgte sie sich den Holzstab einer Nachbarlehrerin aus, um ihre Schläge zu vollenden. Mein Mitschüler hatte im Unterricht gesprochen.

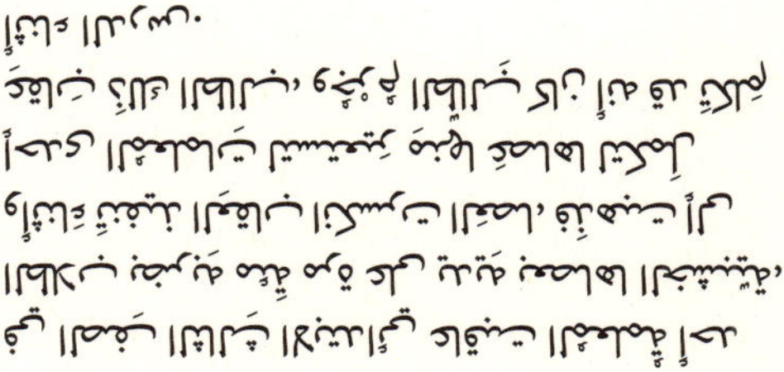

Zu Weihnachten machten wir eine Tour im Auto, um alle dekorierten Balkone in der Nachbarschaft zu bewundern. Meine Cousinen, Cousins, meine Geschwister und ich. In manchen Gassen war es heller als in anderen.

Es leuchtet und blinkt, es ist schön.

Wir wohnten gegenüber dem Gebäude, in dem immer noch Militäroperationen geplant werden. Daher standen so viele Soldaten die ganze Straße entlang, um dieses Gebiet zu bewachen. Ich fragte meine Mama, ob es hier in Damaskus sicher sei. Sie schaute mich an, siehst du diese Soldaten dort, die passen auf dich auf.

Sie zieht die Vorhänge zu.

ثم أَغلقت الستَائرَ على الفور.

يَقعُ منزلنا مُقابلَ مبنى الهَيئةِ العامةِ للأركان، لذلك فإن الجنودَ ينتشرون في كل مكان حوله، ذاتَ مرةٍ سَألتُ والدتي فيما إذا كانت المدينةُ آمنةً، فقالت لي: "هل ترين أولئكَ الجنودَ! حمايتنا واجبٌ عليهم"

Die Wohnung war immer voll.
Es gab keinen einzigen Tag,

an dem ich alleine zuhause bin.

Ein Nachtrag

Mein Bruder, meine Schwester und ich sitzen im Auto, auf dem Weg vom Flughafen. Wir sind in Wien angekommen, es ist kein Urlaub. Es ist für immer. Meine Wangen sind ganz kalt und rau, ich weine. Ich denke nicht an die Möglichkeiten, die mir das Neue bieten wird. Ich will nur weg, zurück nach Hause, nach Damaskus.

„Wie war es für dich?", fragt man mich.
Schwer, so wie jeder Anfang einfach schwer ist.
Ob ich Österreich und Wien gemocht habe?
Nein, ich hasste das Hiersein.
Ich hasste das Anderssein.
Ich hasste das Alleinsein.

Ich musste ständig auf Fragen antworten.
„Luna, woher kommst du?"
„Luna, wieso trägst du kein Kopftuch?"
„Luna, an welchen Gott glaubst du denn als Muslima?"
„Luna, wo liegt denn Syrien eigentlich, in Afrika?"

Solche Fragen wurden mir früher nie gestellt. Ich wusste, sie wollen mich nur kennenlernen, ich wusste, dass alles, was man nicht kennt, Angst macht. Komisch war, dass ich solche Fragen nicht gestellt habe. Ich musste mich ständig für das Anderssein rechtfertigen und Stellung beziehen, vor allem bei Themen, die mit dem Islam und dem arabischen Raum zu tun haben, seien es religiöse, politische oder gesellschaftliche Themen. Als ob die Pubertät allein nicht anstrengend genug wäre. In Diskussionen musste ich mich verteidigen und konnte selten eigene Stellung beziehen. Ich informierte mich viel, das hat meinen Charakter gestärkt. Trotz meiner mangelnden Deutschkenntnisse konnte ich standhaft bleiben.

Mit der Zeit nervten die Fragen. Ich empfand mich selbst immer mehr als Wienerin. Ich kannte mich in der Stadt gut aus. Ich hatte fast nur österreichische Freunde. Ich konnte innerhalb kürzester Zeit akzentfrei Deutsch. Ich sprach immer weniger arabisch, auch zu Hause. Und trotzdem.

Ich fühlte mich nicht vollkommen.

Ich fühlte mich nicht angekommen.

Also stopfte ich meine Wochen voll, um weniger allein zu sein und um neue Menschen kennenzulernen. Ich nahm die Möglichkeiten wahr, die mir das Hiersein anbot. Ich belegte viele Tanzkurse von Contemporary bis hin zu klassischen Tänzen. Ich entdeckte meine Zuneigung zur Kunst und Malerei. Ich ging öfters wandern und Rad fahren. Aus fremden Bekannten wurden beste Freunde, die, so gut sie konnten, meine Kultur zu verstehen versuchten.

Irgendwie hat etwas gefehlt.

Da ich viele Jahre nicht nach Damaskus fliegen konnte, konnte mein arabisches Ich sich nicht entfalten und keine arabische Energie tanken. Ab und zu arabische Songs zu hören, reichte nicht aus. Also suchte ich mir in Wien Freunde mit arabischen Wurzeln und dachte, wir würden uns nahkommen durch die gemeinsame Kultur. Dem war aber nicht so. Anfangs war es ganz lustig, wir sprachen arabisch, spielten Karten, unterhielten uns über arabische Fernsehserien, was mir und meiner Schwester schwer fiel, da wir nur drei österreichische Sender zu Hause hatten. Wir diskutierten auch über das Leben in Syrien und schon kamen Differenzen auf. Für meine syrischen Freunde, die in Österreich geboren und aufgewachsen waren und nur in den Ferien ihre Familien in Syrien besuchten, war Syrien ein Paradies. Sie meinten, sie wollten unbedingt hinziehen, weil es so viel besser sei. Meine Schwester und ich schauten uns an und mussten schmunzeln.

Mittlerweile lebten wir seit drei Jahren in Wien und wussten zu schätzen, was das Land der Gesellschaft gab. Also fing die Diskussion an, meine Schwester und ich versuchten, das Urlaubs-Feeling der Freunde aus Damaskus wegzuargumentieren und die harten Fakten des Alltagslebens in Syrien zu präsentieren. Von der strikten öffentlichen Schule, in der Selbstentfaltung und eigene Meinung keinen Platz hatten, bis hin zu dem korrupten politischen System und dessen Auswirkung auf das Leben und die Zukunft des Einzelnen. Nur durch Bestechung kommt man weiter. Wir konnten sie nicht überzeugen, denn hier in Wien fühlten sie sich nicht ganz zu Hause. Unsere Einstellung und ihre Einstellung stimmen nicht überein, auch unsere Wege

nicht. In unseren Augen sind sie zu arabisch geblieben, in ihren Augen sind wir zu europäisch geworden.
Das finde ich nicht.
Ich habe das Glück, in beiden Ländern Alltagserfahrungen gemacht und in beiden Ländern Urlaub genossen zu haben. Keines der beiden ist perfekt. Doch ich kann mir von hier und dort die schönen Seiten rausnehmen und sie ausleben.
Beides gehört zu mir.

Hier:
Kein Numerus Clausus, aus mir wird, was ich aus mir machen will.
Dort:
Keine Einsamkeit, ich habe viel Familie um mich.
Hier:
Viele Möglichkeiten, um Neues auszuprobieren.
Dort:
Viele freundliche Menschen, die Geborgenheit geben.

Also muss ich mich für keine Seite entscheiden, kein Entweder oder, sondern einfach beides. Anfangs ist es mir selbst schwergefallen, „beides" zu akzeptieren. Jetzt liebe ich es. Ich spreche zu Hause arabisch-deutsch, je nachdem, welches Wort mir schneller einfällt. Ich lese und schreibe immer wieder auf Arabisch. Ich tausche Gedanken aus mit meiner Oma, über den Islam, seine kulturellen Einflüsse und über arabische Werte. Wir kritisieren viel, meine Oma schreibt sich Notizen auf in ihrem Büchlein. Derzeit ist es die einzige Möglich-

keit, Damaskus nahezukommen. Wenn ich Nachrichten schaue, komme ich nicht aus dem Bett raus, weil mich die Bilder verfolgen und mir meine Machtlosigkeit bewusst wird. Obwohl Österreich weit weg ist, haben es einige bis hierher geschafft. Letztens saß ich in der U-Bahn und mir gegenüber zwei junge Buben, die sich auf syrisch-arabisch unterhalten. Ich folge ihrer Unterhaltung interessiert, es geht um ihre Reise.
Ich lächle. Sie lächeln zurück. Sie haben vieles erlebt, man sieht es ihnen an. Sie sind nun in Sicherheit. Es macht mich glücklich. Sie mussten vieles ertragen. Es macht mich traurig, denn sie sind viel zu jung, ungefähr so alt wie ich, als ich damals nach Österreich kam. Nur hatte ich keinen Schlepper, keine Bootsfahrt, keine Bergwanderung, keine Blasen an den Füßen und keinen Gefängnisaufenthalt. Ich musste nicht schauen, dass ich weiterkomme von Land zu Land. Ich musste mich nicht alleine orientieren und mich selbst zum Ziel führen. Ich musste nicht in regnerischen Nächten im Freien schlafen.
„Werden noch weitere kommen?", fragt man mich.
Ja, denn sie haben schon alles verloren. Hier haben sie Hoffnung.
Werden sie es hier in Europa schaffen?
Ja. Weil wir alles schaffen können.
Weil wir es schaffen wollen.
Weil wir es schaffen müssen.

Ich muss ständig auf Fragen antworten.
„Luna, glaubst du, es funktioniert mit der Integration?"

„Luna, wieso kommen Männer ohne ihre Frauen?"
„Luna, hat man in Syrien auch Smartphones gehabt?"
„Luna, ist es in Syrien denn wirklich so schlimm?"

Ja, mit der Integration wird es funktionieren, bei mir hat es auch funktioniert, oder nicht? Der Fluchtweg ist für Männer schon schlimm genug, daher bringen sie lieber ihre Frauen und Kinder durch Familienzusammenführungen her als mit einem Boot.
Ja, in Syrien gibt es auch Smartphones und Internet.
Wenn es nicht so schlimm wäre, würden die Menschen nicht freiwillig nach Europa kommen.

Und dann noch meine Lieblingsfrage:
„Luna, was wird aus Syrien werden?"
Wenn ich antworte, versuche ich mich zusammenzureißen, objektiv zu bleiben und hoffnungsvoll. Doch es fällt mir schwer, denn alles, was man nicht weiß, macht einem Angst. Die Situation macht mir Angst, denn ich weiß nicht, wie es genau dort ist – jetzt. Es ist nicht irgendein Land für mich.

> Es ist das Land, in dem noch ein Großteil meiner Familie wohnt.
>
> Es ist das Land, in dem ich meine Kindheit verbracht habe.
>
> Es ist das Land, in dem ich morgens Jasmin pflückte.

شكر خاص لكل من

أصدقائي الذين وقفوا معي أثناء إنجاز هذا الكتاب ومحمد بسام قباني وطارق الطيب للمساعدة في كتابت القصص باللغة العربية.

مؤسسة النشر weissbooks.w للإيمانهم بفكرة هذا الكتاب ولجرأتهم بمتابعت رحلتي معهم.

أمي وإخوتي، أبناءِ وبناتِ عماتي وعماتي، جدّي وجدّتي، أبناء وبنات أخوال أمي؛ لولاكم لما عشت هذه الطفولة الرائعة، لقد اشتقت لكم.

Ein besonderer Dank an

meine Freunde, die mich während der Entstehung dieses Buches begleitet und unterstützt haben, an Mohamed Bassam Kabbani und Tarek Eltayeb für die Unterstützung beim arabischen Text.

meinem Verlag weissbooks.w, der an mein Buch glaubt und mit mir diese Reise wagt.

meine Mama, Geschwister, Cousinen, Cousins, Tanten, Großeltern, Großtanten und meine Cousinen und Cousins zweiten Grades; ohne euch wäre meine Kindheit tränenreicher gewesen. Ich vermisse euch.

لونا الموصلي
دمعة. ابتسامة
طفولتي في دمشق

تصميم
لونا الموصلي

صورة للونا الموصلي

طبع وتجليد الكتب
CPI books, Leck
طبع في Germany

الطبعة الثالثة للطبعة الخاصة ٢٠١٩
ISBN 978-3-86337-107-4

weissbooks.com
luniverse.xyz

Luna Al-Mousli
Eine Träne. Ein Lächeln.
Meine Kindheit in Damaskus

Gesamtgestaltung
Luna Al-Mousli

Foto Luna Al-Mousli
© Marie-Christine Gollner-Schmid

Druck und Bindung
CPI books, Leck

Printed in Germany
Dritte Auflage der Sonderausgabe 2019
ISBN 978-3-86337-107-4

weissbooks.com
luniverse.xyz

„Ein Nachtrag" erschien zuerst unter dem Titel „Das Land, in dem ich morgens Jasmin pflückte" in: „Neu in der Fremde. Von Menschen, die ihre Heimat verlassen." Herausgegeben von Carolin Eichenlaub und Beatrice Wallis, Beltz & Gelberg, Weinheim Basel 2016